J'EN AI ASSEZ D'ÊTRE UN
CHAT!

Pour Jacqui, notre type d'humour!
Avec amour x
-Adam-

Pour ma maman et mon papa. Merci de m'avoir laissé rêver.
-Chris-

Merci Alli Brydon et Liz Fleming

Catalogage avant publication de Bibliothèque et Archives Canada

Titre: J'en ai assez d'être un chat! / Adam Bestwick ; illustrations de Chris Cady ;
texte français de Marlène Cavagna.
Autres titres: It's boring being a cat! Français
Noms: Bestwick, Adam, auteur. | Cady, Chris, illustrateur.
Description: Traduction de : It's boring being a cat!
Identifiants: Canadiana 20230516408 | ISBN 9781039705258 (couverture souple)
Classification: LCC PZ26.3.B486 Jen 2024 | CDD j823/.92—dc23

Version anglaise publiée initialement au Royaume-Uni en 2023 par Fourth Wall Publishing sous le titre It's Boring Being a Cat.

Édition publiée par les Éditions Scholastic, 604, rue King Ouest, Toronto (Ontario) M5V 1E1, Canada.

5 4 3 2 1   Imprimé en Chine 38   24 25 26 27 28

J'EN AI ASSEZ D'ÊTRE UN CHAT!

Adam BESTWICK

Illustrations de
Chris CADY

Texte français de Marlène Cavagna

SCHOLASTIC

— **Une autre** journée à me faire pourchasser?
J'en ai assez de **TOUT ÇA!**
Il est temps de me réinventer,
car c'est **<u>NUL</u>** d'être un chat!

Le chien essaie de le raisonner :

— Tu es un chat! N'es-tu pas heureux?

Essayer d'être autre chose,

ce serait curieux!

quand je serai devenu
UN LION
avec un rugissement
féroce et
PUISSANT!

En tant que lion, je serai votre maître.
Le roi de toutes les **bêtes**!
Je mangerai du chien à chaque goûter,
un **festin de côtes levées!**

— Les lions ne mangent pas de cabots, dit le chien. Je pensais que tu le savais. **Les lions chassent les HIPPOS, LES CROCOS et aussi LES GRANDS BUFFLES D'EAU** tout frais!

— **OUPS!**

(Alors peut-être pas!)

— **D'accord, gros malin,** dit le chat. C'était une blague, *évidemment*. À la place, je serai...

UN CHEVAL
DISTINGUÉ ET GRAND!

Je galoperai à travers champs, l'air glorieux et je gagnerai des prix à toutes les courses. Je n'aurai donc plus besoin de poser les yeux sur des chiens comme toi, **à l'air louche.**

— Je ne voudrais pas ruiner ton idée, le chat, ni rendre tes pattes toutes **moites**, mais les chevaux se rendent aux courses, la plupart des cas, dans **UNE TOUTE PETITE BOÎTE!**

(Je déteste ça!)

— TU ES **TELLEMENT** RAGEANT, LE CHIEN!

dit le chat.

Fais bien **ATTENTION**, maintenant.

Plutôt que d'être un cheval, je serai...

UN OURS POLAIRE *GÉANT!*

Le sol tremblera sous mes **énormes pattes!**
Alors mets bien tous tes **sens en alerte,**
car dès que j'aurai gobé mon poisson,
je prendrai du *CHIEN*
POUR MA COLLATION!

— L'Arctique est vraiment **très froid**, dit le chien, mais vas-y, je t'en prie. Pendant que tu flotteras sur un iceberg, **JE M'INSTALLERAI DANS *TON LIT*!**

(Je n'avais pas bien réfléchi!)

– ATTENDS UN PEU, RESTE LÀ!
dit le chat.

JE NE LAISSE PAS MON LIT À UN SAC À PUCES!
J'ai donc changé d'avis.
Je serai plutôt...

UN KOALA QUI FAIT DODO!

Je dormirai vingt heures par jour!
Oui, c'est bien la vie que je veux pour de bon!
Va faire une marche, pauvre bête.
Pendant ce temps, je vais faire **UN ROUPILLON!**

(Je suis bien satisfait de moi-même.)

— Les koalas dorment toute la journée, dit le chien, je suis d'accord. C'est gravé dans le marbre.

Mais t'es-tu déjà endormi perché
SUR LA PLUS HAUTE DES **BRANCHES D'UN ARBRE?**

(**RAAA!**
Ce chien est
TELLEMENT
irritant!)

— Je dois sortir pour réfléchir.
Tu es en train de me retourner le cerveau!
Et alors que le chat sort dans le jardin,
il se retourne et **CLAQUE** la porte sur le cabot!

ENFIN! J'AI LA PAIX, dit le chat.
Je suis quand même plus futé
que ce chien... Et je sais déjà
que je vais me transformer...

EN CHAT MOUILLÉ!

C'est alors que le chat comprend
que ce n'est pas nul d'être un chat!
Oui, il s'en rend compte à présent,
après tous ces mauvais choix!

Il avait juste besoin qu'on lui rappelle

qu'être un chat est plutôt génial!

Comme **un lion**, il peut **chasser** à la pelle,
et il **peut déambuler**, comme **un cheval!**

Il peut **grignoter du poisson** comme les **ours polaires** et comme les **koalas**, **dormir** d'un sommeil de plomb...

Mais il aimerait juste
garder cette **chatière.**
Elle lui permet quand même
d'être au sec à la maison!

FIN